LES

CONQUESTES DU ROI COURONNÉES *PAR LA PAIX*,

ODES.

A PARIS,

Chez MOREL, le jeune, Libraire au Palais, au grand Cyrus.

M. DCC. XLIX.

Avec Approbation & Permiſſion.

LES CONQUESTES DU ROI COURONNÉES *PAR LA PAIX.*

ODE.

QUEL est ce Guerrier intrépide
Qui prend ſon eſſor vers les Cieux ?
La Victoire d'un vol rapide
Le fait diſparoître à mes yeux :
Sa main, qui lance le tonnerre,
Contient l'un & l'autre hémiſphere

A

Qu'il étonne par ſes exploits ;
Sa grandeur qu'il laiſſe connoître
Prouve que le Ciel l'a fait naître
Pour être le plus grand des Rois.

TANDIS qu'il éclate & qu'il tonne
Sur ſes rivaux humiliés ,
Son bras affermit la couronne
Sur le front de ſes Alliés.
Semblable au Dieu qu'il repreſente ,
Sous l'effort de ſa main puiſſante
Tout tombe , tout s'anéantit ;
Soumiſe à ſon pouvoir ſuprême ,
Il contraint la Fortune même
A ſuivre ceux qu'il garantit.

MAIS quoi ! de tant d'auguſtes marques
Mes yeux ſont-ils donc éblouis ?
Je vois le plus grand des Monarques ;
Doute-je que ce ſoit LOUIS ?
GRAND ROI , dans une paix profonde
Tu faiſois repoſer le monde ,

Son calme caufoit mon erreur ;
Tu cachois le foudre de guerre,
Pour ne paroître fur la terre
Qu'un Héros pacificateur.

❧

CONTRE lui, Difcorde, tu ligues
Envain les plus fiers Potentats ;
Efpere-tu par tant de brigues
Ebranler fes puiffans Etats ?
Ces vains fecours que tu mandies,
Rapprochent d'eux les incendies
Que leurs guerriers ont allumés ;
LOUIS a franchi la barriere ;
Ses coups vont rendre à la pouffiere
Ces foldats de fang affamés.

❧

HATE-TOI, Prince magnanime,
Signale ton jufte courroux ;
La voix de ton Peuple t'anime,
Frappe ces ennemis jaloux.
Puifque le Ciel à ta naiffance
T'a communiqué fa puiffance,

Il eſt tems d'uſer de ſes dons ;
Qu'ils ſoient immolés à ta gloire ;
Qu'ils apprennent que la victoire
Eſt le partage des Bourbons.

JE t'entens ; tu lances la foudre ;
Déja leurs Forts ſont renverſés ;
Loin de leurs barrieres en poudre
Ils ſont eux-mêmes diſperſés.
De Menin, [1] d'Ypres, [2] & de Furnes, [3]
Les guerriers ſoumis, taciturnes,
Cédent à ton bras glorieux :
Ces cœurs jadis pleins de courage
N'oſent preſque affronter l'orage
Dès que tu parois à leurs yeux.

---

1. 4. Juillet 1744. Priſe de Menin après ſept jours de tranchée ouverte.

2. 25. Juin. Reddition d'Ypres, après neuf jours de tranchée.

3. 10. Juillet. Capitulation de Furnes, trois jours après l'ouverture de la tranchée. M. le Maréchal de Noailles a commandé à ces trois ſiéges ſous les ordres du Roi.

MAIS, LOUIS, l'orgueilleuse armée
Que conduit un Prince Lorrain,
Menace l'Alsace allarmée,
Et couvre les rives du Rhin. 1
Ces inéxorables Cohortes,
Bravant nos Lignes les plus fortes,
Portent l'épouvante & l'horreur.
Suis la Victoire qui t'appelle,
Soustrais des Sujets pleins de zéle
Aux sûrs effets de leur fureur.

DANS ta glorieuse carriere,
GRAND ROI, marche sans balancer;
Un seul rayon de ta lumiere
Suffira pour tout éclipser.
Déja tes rivaux sur leur tête
Pensent voir fondre la tempête,

1. 29. Juin. Passage du Rhin par le Prince Charles de Lorraine.

Ton départ [1] les remplit d'effroi ;
Et déja ces troupes sauvages
Mesurant des yeux les rivages
Sont prêtes à fuir devant toi.

MAIS dans un appareil sinistre
Qui vient au-devant de tes pas ?
Des Enfers est-ce le Ministre,
Et l'avant-coureur du trépas ?
Un poison noir sort de sa bouche ;
A son aspect sombre & farouche
Le plus fier est épouvanté ;
Que vois-je ! ce Monstre homicide,
Pour lancer un dard parricide,
Leve son bras ensanglanté.

DIEU tout puissant ! dans ta colere
Sur qui veux-tu porter tes coups !

---

1. 2. Juillet. Départ du Roi pour l'Alsace.

Sauve un Roi juſte, un tendre pere,
Que ce glaive tombe ſur nous !
Mais l'unique objet de nos craintes
Reçoit les funeſtes atteintes
D'un trait par tes ſoins préparé :
S'il te falloit une victime,
O Ciel ! devois-tu dans l'abîme
Plonger un Monarque adoré ?

EXEMPT de trouble & de foibleſſe,
Il ſent le coup ſans s'émouvoir ;
Il porte le fer qui le bleſſe
Sans paroître l'appercevoir :
Le malheur d'un peuple qu'il aime
L'anime ; il préfére au jour même
Le plaiſir de le rendre heureux ;
Et de l'ennemi qui l'opprime
Il brûle de punir le crime,
Dût-il expirer à ſes yeux.

AINSI pour conſerver la vie
Du tendre fruit de ſes amours,

Le Pélican 1 se sacrifie,
Et renonce au soin de ses jours :
Tout à sa tendresse est possible ;
On voit cet oiseau trop sensible
Pour lui se déchirer le flanc ;
Et, victime de la nature,
Appaiser la faim qu'il endure
Dans les flots de son propre sang.

Mais en vain LOUIS s'intéresse
Et s'immole à notre bonheur ;
La force du mal qui l'oppresse
S'oppose au seul vœu de son cœur.
Il tombe ; sa foible paupiere
S'ouvre avec peine à la lumiere ;
Ses yeux sont voilés par la mort.
Ciel ! permettra-tu qu'il expire
Aux yeux d'un peuple qui n'aspire
Qu'à partager son triste sort !

---

1. L'Histoire que l'on fait du Pélican, & la maniere dont on a prétendu qu'il nourrissoit ses petits, est actuellement reconnuë fabuleuse ; cependant il est toujours regardé comme le symbole de l'amour paternel.

TERMINE nos vives allarmes,
Souverain Maître des Mortels;
Vois ſes Sujets fondans en larmes
Proſternés devant tes autels;
Contemple leur douleur amere;
C'eſt un fils qui demande un pere,
Une veuve ſon protecteur;
Le pauvre y reclame un aſile,
Le citoyen un ſort tranquille,
Et la Patrie un Défenſeur.

AU pied de ton Trône adorable
Je vois s'élever nos ſoupirs :
O Dieu! ton ſecours favorable
Voudroit-il combler nos deſirs?
C'en eſt fait : ces chants d'allegreſſe
M'annoncent qu'à notre tendreſſe
Enfin ce Héros eſt rendu : 1
Couronne ta magnificence,

---

1. C'eſt au 20. Août que la convaleſcence du Roi a

Grand Dieu ! donne-nous la puissance
De te rendre ce qui t'est dû !

Si les vœux d'un peuple fidéle
Peuvent égaler tes bienfaits,
Jamais son ardeur & son zéle
N'ont porté plus loin leurs effets.
Chaque jour mille voix unies
Chantent tes bontés infinies
Dans leurs harmonieux accords.
Ce Roi que ta main nous renvoye,
Seul, de l'excès de notre joye
Partage avec toi les transports.

Pour lui la nuit la moins brillante
Devient la rivale du jour.
La poudre dans l'air petillante
Enflamme les lieux d'alentour.

---

commencé. La joye qu'elle a causé a été aussi vive que la consternation que sa maladie avoit répandüe avoit été grande. Tous les Ordres du Royaume ont en particulier donné les preuves les plus autentiques de l'une & de l'autre.

Tout ſemble en ces inſtans renaître ;
Tous les plaiſirs font reconnoître
L'eſprit dont on eſt animé ;
Dans les cris qu'au Ciel on adreſſe
On entend répéter ſans ceſſe,
Vive LOUIS le BIEN-AIMÉ ! 1

GRAND ROI, déſormais de la Gloire
Quitte le ſentier dangereux ;
Un mot conſacre ta mémoire,
L'amour d'un Peuple généreux.
Qu'un Guerrier faſſe des prodiges,
Ce n'eſt point par leurs vains preſtiges
Qu'il ſurprend la poſtérité ;
Le hazard ſouvent le couronne :
C'eſt l'amour des peuples qui donne
Des droits à l'Immortalité.

---

1. De tous les témoignages d'affection que le Roi a reçûs lors de ſa convaleſcence, le plus glorieux pour lui, ſans doute, eſt le titre de *Bien-Aimé* que le ſuffrage unanime de ſes Sujets lui a accordé.

Qu'ont été ces Rois ſanguinaires,
Jaloux du nom de Conquérans ?
Souvent des Princes téméraires
Dont l'orguëil forma des Tyrans.
Une odieuſe politique,
Un honneur faux & chimérique,
Fit le malheur de leurs Sujets :
Image de Dieu ſur la terre,
Un Roi ne doit faire la guerre
Que pour mieux cimenter la paix.

ODE. II.

AMOUR facré de la Patrie,
Qui fur tous les cœurs a des droits,
Puiffe aujourd'hui ta voix chérie
Soumettre LOUIS à tes loix !
Un Peuple accablé de fes chaînes
L'appelle pour calmer fes peines,
Qu'il daigne entendre fes accens ;
Sois l'interprête de fes craintes ;
Qu'il fe montre fenfible aux plaintes
De tant de Sujets gémiffans.

Tu parles, déja ce Roi tendre
Pour te venger offre fon bras ;
Impatient [1] de te défendre
Il vole du fein du trépas.

1. A peine le Roi a-t'il été en état de fupporter la fatigue du cheval, qu'il eft parti pour fe mettre à la tête de fon Armée.

Heureux effet de ſa préſence !
Son aſpect détruit l'eſpérance
Qui ſembloit guider ſes rivaux.
GRAND PRINCE, en eſſuyant nos larmes,
Fais ſentir le poids de tes armes
A ces artiſans de nos maux.

PAR ton ordre en vain tout s'apprête
Pour les forcer ſous leurs remparts,
Ils préviennent par leur retraite
L'approche de tes Etendarts.
Ceſſez de craindre ſa pourſuite ;
Pour vous joindre dans votre fuite,
LOUIS feroit un vain effort ;
Mais que Fribourg 1 réduit en cendre
Serve du moins à vous apprendre
Quel devoit être votre ſort.

TRISTE témoin des funerailles
Des plus fiers de ſes combattans,

---

1. 7. Novembre 1744. Priſe de Fribourg, après 39. jours de tranchée ouverte. M. le Maréchal de Coigny commandoit à ce ſiége ſous les ordres du Roi.

Son Défenſeur ſur ſes murailles
Voit pénétrer nos Aſſaillans.
Vainement ſa haute vaillance
Fait tout ſervir à ſa défenſe
Pour leur inſpirer de l'effroi ;
Il n'eſt rien qui les intimide,
Et le moins brave eſt un Alcide
Qui veut vaincre aux yeux de ſon Roi.

VOTRE valeur eſt triomphante ;
Venez intrépides Guerriers,
Que notre main reconnoiſſante
Ceigne vos têtes de lauriers.
Joignez-y le Mirthe & la Roſe ;
L'Hymen aujourd'hui vous propoſe
De plus agréables travaux ;
Aſſez tôt aux Plaines Belgiques
La Guerre à vos cœurs héroïques
Offrira des dangers nouveaux.

QUELLE plus brillante journée
Peut éclairer votre repos ?

L'amour dans les nœuds d'Hymenée
Met le Fils [1] de votre Héros.
Né pour le bonheur de la France,
Il vous confirme l'eſpérance
De jouir du ſort le plus beau.
O Dieu ! rends ſa chaîne éternelle !
Sorti d'une tige Immortelle
Tu dois l'affranchir du tombeau.

Prince, d'une juſte tendreſſe
Goûte déſormais les douceurs ;
Mais je vois diſſiper l'yvreſſe
Où t'avoient plongé ſes faveurs.
Ton cœur que la gloire aiguillone
Sous les étendarts de Bellone
Veut ſe ſignaler à ſon tour.
L'éclat de ton ſang le demande ;
Va : lorſque la Gloire commande
Tout doit céder, même l'Amour.

---

1. Mariage de Monſeigneur le Dauphin avec l'Infante d'Eſpagne Dona Marie-Thérefe, le 23. Février 1745.

MARCHE ſur les brillantes traces
De ton pere & de tes ayeux.
Que tes faits aux futures races
Soient des modéles précieux.
La Flandre t'offre un grand théâtre ;
C'eſt-là qu'il te faudra combattre
Les plus braves rivaux des lys ;
Fais-leur éprouver ton courage ;
Il eſt tems de venger l'outrage 1
Dont leurs faſtes ſont embellis.

J'Y vois la Diſcorde inhumaine
Porter ſes feux de toutes parts :
Nos Guerriers, que ſa fougue entraîne ;
Brûlent d'affronter les hazards ;
Sur les bords que l'Eſcaut arroſe
Maurice conduit & diſpoſe

1. Bataille de Poitiers gagnée par les Anglois le 19. Septembre 1356. contre le Roi Jean, qui y fut fait priſonnier.

Ses invincibles bataillons;
Tournay 1, tremblant à leurs approches,
Voit déja ses plus fermes roches
Tomber, & combler ses sillons.

O! vous, dont la Cité renferme
Le Palais de nos premiers Rois; 2
Votre esclavage est à son terme,
LOUIS peut rentrer dans ses droits.
Par une juste obéissance,
Rendez hommage à la puissance
Du plus aimable des Vainqueurs;
S'il vient dans vos plaines fertiles,
C'est moins pour soumettre des villes
Que pour y régner sur vos cœurs.

---

1. 22. Avril 1745. Investissement & siége de Tournay, par M. le Maréchal Comte de Saxe.

2. Tournay a été le séjour de plusieurs de nos Rois de la premiere Race: on y voit encore le tombeau de Childeric I.

D'UNE inutile résistance
Cessez de prolonger le cours ;
En vain Cumberland qui s'avance
Vous assure d'un prompt secours ;
De ses légions menaçantes
Bien-tôt les armes impuissantes
Tomberont aux pieds de LOUIS :
Mais hélas ! avant de les rendre,
Quels faits ne doit-on pas attendre
De ces superbes ennemis ?

ILS viennent ces Guerriers terribles ; 1
La fureur dirige leurs pas ;
A la terreur inaccessibles,
Ils marchent sans crainte au trépas.
Croyant notre fuite prochaine,
Ils préparent déja la chaîne
Qui doit accabler les vaincus.
Ignorent-ils que leurs entraves
Sont le partage des esclaves,
Et non pas le prix des vertus ?

---

1. 11. Mai 1745. Bataille de Fontenoi.

COMME on voit du haut des montagnes
Un torrent, d'un cours furieux,
Rouler ses flots dans les campagnes,
Et porter l'horreur en tous lieux:
Ainsi dans sa fureur extrême,
L'Anglois force la valeur même
A craindre sa témerité;
La terre de mourans couverte,
Semble au François montrer sa perte,
S'il ne fuit ce peuple irrité.

LOUIS, qui croit que la victoire
Veut deserter ses pavillons,
Lance un des rayons de sa gloire
Sur ses généreux bataillons.
De vives & puissantes flâmes,
Passant de ses yeux dans les ames,
Les remplissent de son ardeur.
Chacun dans le feu qui l'anime,
Prétend s'immoler la victime
Qu'il croit devoir à son honneur.

DEJA, prêts à s'entre-détruire,
Les rangs se trouvent confondus;
Nos Guerriers que leur Prince inspire,
Frappent leurs rivaux éperdus:
Dans ce péril qui le regarde,
LOUIS, des Héros de sa garde,
Fait donner les Corps belliqueux.
Sort heureux! il soutient leur zéle;
La victoire long-tems chancelle,
Elle se fixe enfin pour eux.

QUE de succès tu dois attendre,
LOUIS, de leurs brillans exploits!
Déja Tournay 1 se fait entendre,
Et veut se ranger sous tes loix.
En vain sa fiere Citadelle 2
Ose à ton joug être rebelle,

1. 22. Mai. Capitulation de Tournay, après 22. jours de tranchée ouverte.
2. 2. Juin. Reddition de la Citadelle.

Elle tombe ſous leur effort.
Ta valeur, que leur bras ſeconde,
Te ſoumet Gand 1 & Dendermonde,
Oſtende, Ath, Bruges, Nieuport.

GRAND ROI, que ton ardeur guerriere
Epargne des rivaux tremblans;
Veux-tu toujours dans la carriere
Moiſſonner des lauriers ſanglans?
Ecoute un peuple qui t'adore;
Son zéle à tous momens déplore
Des faits qu'il penſe ſuperflus;
Céde à ſa vive impatience,
Tu peux par ta ſeule préſence
Lui rendre un calme qu'il n'a plus.

---

1. 11. Juillet. Surpriſe de Gand par Meſſieurs de Lowendal & du Chayla. 18. Juillet, priſe de Bruges par M. le Marquis de Souvré. 12. Août, de Dendermonde par M. le Duc d'Harcourt. 23. Août, d'Oſtende par M. le Comte de Lowendal, après 12. jours de ſiége. 5. Septembre, de Nieuport, après 6. jours de tranchée ouverte, par M. le Comte de Lowendal. 8. Octobre, d'Ath par M. le Marquis de Clermont-Galerande, après 5. jours de tranchée.

SIGNALE-TOI peuple fidelle,
Enfin LOUIS entend ta voix;
Sur ſes pas ce Héros t'appelle;
Célébre le plus grand des Rois.
Quel cortege nombreux s'empreſſe
A témoigner ſon allegreſſe
A ce Prince victorieux? 1
La Gloire & l'Amour te couronnent,
GRAND ROI; mais tes vertus te donnent
Un éclat bien plus radieux.

---

1. 7. Septembre 1745. Entrée du Roi à Paris d'autant plus glorieuſe, que l'amour de ſon peuple s'y eſt manifeſté de la façon la plus éclatante.

ODE. III.

QUE ton ſort eſt digne d'envie !
Un noble laurier ceint ton front ;
Et ta courſe eſt toujours ſuivie,
LOUIS, du ſuccès le plus prompt.
L'Europe te craint & t'honore ;
Le jour ne luit-il pas encore
Qui doit conſommer tes travaux ?
GRAND ROI, jouis de tes conquêtes ;
N'eſt-il pas tems que tu t'arrêtes ?
Laiſſe reſpirer tes rivaux.

QUOI ! dans le ſein du repos même ;
Ta gloire a de nouveaux objets !
L'hyver par ſa rigueur extrême
Ne peut ſuſpendre tes projets.
Crains pour toi, ſuperbe Bruxelles : [1]

1. 20. Février 1746. Priſe de Bruxelles par M. le Marechal Comte de Saxe, après 13. jours de tranchée ouverte.

Dans tes murs envain tu recelles
Un corps généreux de ſoldats;
A te rendre il faut te réſoudre;
Un Héros qui brave la foudre,
Triomphe aiſément des frimats.

L'ANNIBAL chéri de la France,
CONTY, l'intrépide CONTY,
Vers Mons 1 ſous tes ordres s'avance,
Ses bataillons l'ont inveſti.
GRAND ROI, ne crois pas que l'audace
Des défenſeurs de cette place,
Puiſſe intimider ſon grand cœur;
Par ſa vaillance peu commune,
Il les ſoumet à la fortune
Du Héros des Alpes vainqueur. 2

---

1. 10. Juillet. Priſe de Mons, après 15. jours de tranchée ouverte.

2. Rien de plus mémorable que le paſſage des Alpes par M. le Prince de Conty. Les retranchemens des Vallées de Sture & du Château Dauphin forçés les 18. & 19. Juin 1744. lui aſſurent une gloire immortelle, ainſi qu'aux Braves qui l'ont ſecondé.

MAIS quelle voix intéreſſante
T'invite aux douceurs du repos ?
C'eſt une Princeſſe charmante,
Dont la France attend ſes Héros.
Une tendre fleur vient d'éclore ; 1
O Ciel ! j'entens que l'on t'implore ;
De ſa mere épargne les jours !
Elle expire... 2 la même année
Qui vit ſa flâme couronnée,
Termine ſes chaſtes amours.

ARBITRES du ſort de la terre,
Qu'enyvre une vaine ſplendeur,
Au plus beau de votre carriere,
Ainſi finit votre grandeur.
L'Univers ſuit vos loix ſuprêmes ;
Mais l'éclat de cent diadêmes

---

1. 20. Juillet. Naiſſance de Madame.
2. 22. Juillet. Mort de Madame la Dauphine.

Ne vous affranchit pas des loix ;
La Mort les étend ſur le trône,
Et ſa faux chaque jour moiſſone
Sans choix les Sujets & les Rois.

DE tes larmes taris la ſource ;
Ton cœur trop long-tems a gémi ;
GRAND ROI, prouve, en ſuivant ta courſe,
Qu'il n'en eſt que plus affermi.
CLERMONT attend que tu commandes,
Bien-tôt ſes redoutables bandes
Sur Namur 1 porteront leurs coups.
C'en eſt fait ; ſa chûte eſt certaine,
Tes rivaux fuyans dans la plaine,
Vont s'enſevelir ſous Raucoux.

QUE vois-je ! déja le plomb vole
Sur leurs bataillons 2 conſternés ;

---

1. 19. Septembre 1746. Capitulation de Namur, huit jours après l'ouverture de la tranchée. 30. Septembre, priſe des Châteaux après cinq jours de tranchée.

2. 11. Octobre. Bataille de Raucoux gagnée par M. le Maréchal Comte de Saxe ſur les Alliés.

Bellone à sa fureur immole
Leurs Guerriers les plus obstinés.
En vain l'ardeur des deux armées,
L'une contre l'autre animées,
Laisse la victoire en suspens;
MAURICE bien-tôt la captive,
Et force son aîle tardive
A se reposer sur ses rangs.

POURSUIS, frappe, enchaîne, humilie;
Ces fiers ennemis des BOURBONS,
Venge un Monarque qui s'allie 1
Aù Successeur des JAGELLONS; 2
MAURICE, un auguste hymenée,
T'intéresse à la destinée
Du Roi glorieux que tu sers :
Puisse cette heureuse alliance,

---

2. 9. Février 1747. Mariage de Monseigneur le Dauphin avec la Princesse Marie-Joseph de Saxe.

3. Jagellon fut d'abord Grand Duc de Lithuanie & de Samogitie, & depuis Roi de Pologne. Il est connu dans l'Histoire sous le nom de Ladislas IV. Il commença à régner en 1386.

Donner des Héros à la France ;
Et des Maîtres à l'Univers !

❧

Mais, LOUIS, l'orgueilleux Batave,
Oubliant ses anciens Traités,
Reçoit ce peuple qui te brave,
Et permet ses hostilités ;
Porte leur des coups salutaires,
GRAND ROI ; force ces témeraires
Dans leur dernier retranchement ;
Acquiers des Couronnes nouvelles ;
Que ces cœurs à ta voix rebelles,
Connoissent leur aveuglement.

❧

Comme on voit long-tems une digue
Résister aux flots courroucés,
Et céder enfin à la ligue
De ceux qu'elle avoit repoussés ;
Ainsi par mille faits insignes,
L'Anglois trois fois loin de ses lignes
Pousse nos soldats indomptés.
Inutile effort de vaillance !

CLERMONT vient, dans Lauffelt 1 s'élance;
Les obstacles sont surmontés.

❧

TOUT porte ses sanglantes marques;
Son fer suit par tout ses rivaux;
Le rapide ciseau des Parques,
Suffit à peine à ses travaux.
De Cumberland l'ardeur est vaine;
La foule avec elle l'entraîne,
Heureux d'échapper à nos coups!
Dans le trouble de sa défaite,
Son orgueil encore l'arrête,
Pour fixer un œil fier sur nous.

❧

AINSI de la plage Numide
Un lion quittant les forêts
Regarde le Chasseur avide
Qui l'a fait tomber dans ses rets.

---

1. 2. Juillet 1747. Bataille de Lauffelt gagnée par le Roi sur les Alliés. Parmi les Officiers Généraux qui s'y sont distingués M. le Comte de Clermont Prince, & M. le Maréchal Comte de Saxe y ont donné des preuves singulieres de leur intrépidité & de leur valeur.

Dans la fureur qui le consume,
Il rugit, il couvre d'écume
Les liens qui lui sont offerts;
Et quand la force l'abandonne,
Son œil farouche encore étonne
Celui qui le charge de fers.

❧

QUELS camps, quels ramparts, quels asiles,
Pourront vous soustraire au trépas?
Vos forteresses inutiles,
Anglois, ne l'arrêteront pas.
Compagnes de votre naufrage,
Craignez qu'enfin le même orage
Ne les fasse écrouler sur vous;
LOUIS affrontant les plus fieres,
Va briser ces roches altieres,
Justes objets de son courroux.

❧

O toi, qu'on a vû tant d'années,
Soutenir mille assauts meurtriers,
Et balancer les destinées
Des plus redoutables Guerriers;

Berg-op-zoom, [1] mon Héros s'apprête
A tenter encor ta conquête ;
Ajoute à tes exploits passés.
C'est en vain que tu te mutines,
LOWENDAL franchit tes ruines,
Tes défenseurs sont terrassés.

Dans ta course victorieuse,
GRAND ROI, rien ne peut t'arrrêter ;
Mais que ta pitié généreuse
Sur tes rivaux daigne éclater ;
Donne un cours libre à la clémence ;
Punis l'ennemi qui t'offense
En l'accablant de tes bienfaits ;
GRAND ROI, rend le calme à la terrre,

---

1. Berg-op-zoom a été pris d'assaut le 16. Septembre 1747. La force de cette place, la difficulté de pouvoir en former l'entier investissement, sa garnison nombreuse, les secours qu'elle étoit à portée de recevoir à tout moment, n'ont point empêché le Roi d'entreprendre sa conquête : elle a subi le sort de toutes les Villes qu'il avoit précédemment attaquées. La conduite de M. le Comte de Lowendal dans les diverses opérations de ce siége lui a mérité le Bâton de Maréchal de France.

Et

Et fais des horreurs de la guerre
Naître les douceurs de la paix.

LA victoire a pour toi des charmes ;
Il t'en reste une à remporter ;
Ce n'est point par l'éclat des armes
Que tu sçauras la mériter.
Ce grand, ce sublime avantage,
Consiste à dompter ton courage ;
Deviens aujourd'hui ton vainqueur ;
Qu'on lise un jour dans ton histoire,
La France à LOUIS dut sa gloire,
Sa clémence fit son bonheur.

TU vas combler notre espérance,
GRAND ROI, nos vœux sont entendus ;
Mastricht 1 en reçoit l'assurance,
Tes coups sur lui sont suspendus.

---

1. 6. Mai 1748. Prise de Mastricht par M. le Maréchal Comte de Saxe, précédée de la signature des Préliminaires de la Paix.

Les Cieux à ses desirs propices,
Sous les plus fortunés auspices
Ont sçû le soumettre à ta loi;
Que ton cœur à ses soins réponde,
Et sçache qu'il vaut mieux du monde
Etre l'arbitre que le Roi.

CONQUERANT juste & magnanime,
De tes droits 1 tu n'est point jaloux;
Le bien de l'Univers t'anime,
Et forme tes vœux les plus doux.
Le laurier qui couvre nos têtes,
Est le seul fruit de tes conquêtes,
Qui pour ton cœur ait des attraits;
Quand ta main donnoit des entraves,
C'étoit pour forcer les plus braves
A sentir le prix de la Paix.

---

1. Les victoires du Roi l'autorisoient à faire la Paix en Conquérant: son amour pour ses peuples, sa clémence envers ses ennemis, le bonheur des uns & des autres, l'ont engagé à la faire en héros, & à sacrifier les droits légitimes qu'il avoit sur une portion de ses conquêtes, qui faisoient autrefois partie du domaine de sa Couronne.

DESCENS de la Voûte céleste,
Ô Paix ! viens combler nos souhaits ;
Détruis le souvenir funeste
Des maux que la Discorde a faits.
Je te vois, tes palmes sont prêtes ;
Peuples, célébrez par des fêtes
La main qui va vous couronner ;
Sa présence doit vous convaincre ;
Que si notre Prince sçait vaincre,
Il sçait encor mieux pardonner.

FIN.

APPROBATION.

J'AI lû par ordre de Monseigneur le Chancelier un Manuscrit intitulé : *Les Conquêtes du Roi couronnées par la Paix, &c.* Il m'a paru qu'on pouvoit en permettre l'impression. A Paris ce 14. Décembre 1748.

VATRY.

PERMISSION.

LOUIS, par la grace de Dieu, Roi de France & de Navarre : A nos amés & féaux Conseillers les Gens tenans nos Cours de Parlement, Maîtres des Requêtes ordinaires de notre Hôtel, Grand-Conseil, Prevôt de Paris, Baillifs, Sénéchaux, leurs Lieutenans Civils, & autres nos Justiciers qu'il appartiendra : SALUT. Notre amé le Sieur * * *, Nous a fait exposer qu'il desireroit faire imprimer & donner au Public un Ouvrage, qui a pour titre : *Les Conquêtes du Roi couronnées par la Paix, Odes :* s'il Nous plaisoit lui accorder nos Lettres de Permission pour ce nécessaires : A CES CAUSES, voulant favorablement traiter l'Exposant, Nous lui avons permis & permettons par ces Présentes de faire imprimer ledit Ouvrage en un ou plusieurs Volumes, & autant de fois que bon lui semblera, & de le faire vendre & débiter par tout notre Royaume pendant le tems de *trois* années consécutives, à compter du jour de la datte desdites Présentes : Faisons défenses à tous Libraires, Imprimeurs & autres personnes, de quelque qualité & condition qu'elles soient, d'en introduire d'impression étrangere dans aucun lieu de notre obéïſſance ; à la charge que ceſdites Préſentes ſeront enregiſtrées tout au long ſur le Regiſtre de la Communauté des Libraires & Imprimeurs de Paris, dans trois mois de la datte d'icelles; que l'impreſſion dudit Ouvrage ſera faite dans notre Royaume, & non ailleurs, en bon papier & beaux caractéres, conformément à la feuille imprimée attachée pour modele ſous le contre-ſcel desdites Préſentes ; que l'Impétrant ſe conformera en tout aux Réglemens de la Librairie, & notamment à celui du 10. Avril 1724. qu'avant de l'expoſer en vente, le Manuſcrit qui aura ſervi de copie à l'impreſſion dudit Ouvrage, ſera remis dans le même état où l'Approbation y aura été donnée, ès mains de notre très-cher & féal Chevalier le Sieur DAGUESSEAU, Chancelier de France, Commandeur de nos Ordres, & qu'il en ſera enſuite remis deux Exemplaires dans notre Bibliotheque publique, un dans celle de notre Château du Louvre, & un dans celle de notre très-cher & féal Chevalier le Sieur DAGUESSEAU, Chancelier de France ; le tout à peine de nullité des Préſentes : Du contenu deſquelles vous mandons & enjoignons de faire jouir ledit Expoſant & ſes ayans cauſe, pleinement & paiſiblement, ſans ſouffrir qu'il leur ſoit fait aucun trouble ou empêchement : Voulons qu'à la copie deſdites Préſentes, qui ſera imprimée tout au long au commencement ou à la fin dudit Ouvrage, foi ſoit ajoutée comme à l'original : Commandons au premier notre Huiſſier ou Sergent ſur ce requis, de faire pour l'exécution d'icelles tous actes requis & néceſſaires, ſans demander autre permiſſion, & nonobſtant clameur de Haro, Chartre Normande & Lettres à ce contraires : CAR tel eſt notre plaiſir. DONNE' à Verſailles le onziéme jour du mois de Janvier, l'an de grace mil ſept cent quarante-neuf, & de notre Régne le trente-quatriéme. Par le Roi en ſon Conſeil.

Signé, SAINSON.

Regiſtré ſur le Regiſtre XII. de la Chambre Royale & Syndicale des Libraires & Imprimeurs de Paris, N°. 66. fol. 53. conformément au Réglement de 1723. qui fait défenſe, Art. IV. à toutes perſonnes de quelque qualité qu'elles ſoient, autres que les Libraires & Imprimeurs, de vendre, débiter & faire afficher aucuns Livres, pour les vendre en leurs noms, ſoit qu'ils s'en diſent les Auteurs ou autrement; & à la charge de fournir à la ſuſdite Chambre huit Exemplaires preſcrits par l'Art. 108. du même Réglement. A Paris le 14. Janvier 1749.

Signé, G. CAVELIER, *Syndic*.

De l'Imprimerie de CL.-F. SIMON, Fils, Imprimeur de la REINE, & de Monſeigneur l'Archevêque.
1749.

www.ingramcontent.com/pod-product-compliance
Ingram Content Group UK Ltd.
Pitfield, Milton Keynes, MK11 3LW, UK
UKHW021118230726
13926UKWH00002B/546

9 782014 441284